梅花一斗

马关保 著

長江出版傳媒 | 长江文艺出版社

图书在版编目（C I P）数据

梅花一斗 / 马关保著. -- 武汉 : 长江文艺出版社,
2015.2

ISBN 978-7-5354-7630-2

Ⅰ. ①梅… Ⅱ. ①马… Ⅲ. ①诗词－作品集－中国－
当代 Ⅳ. ①I227

中国版本图书馆 CIP 数据核字(2014)第 229991 号

责任编辑：何性松　谈　骁　　责任校对：陈　琪
装帧设计：张　奇　　责任印制：左　怡　包秀洋

出版：长江出版传媒　长江文艺出版社
地址：武汉市雄楚大街 268 号　　邮编：430070
发行：长江文艺出版社
电话：027—87679360
http://www.cjlap.com
印刷：上海嘉达印刷有限公司

开本：850 毫米×1168 毫米　1/32　　印张：3.75　插页：2 页
版次：2015 年 2 月第 1 版　　2015 年 2 月第 1 次印刷

定价：36.00 元

自序

余理工科毕业，无名诗人，从未发表诗歌，从小也不酷爱文学、诗歌。偶然窥破诗道，遂诗兴巨发。

《梅花一斗》是余出版的第一本诗词集。

中国文学发展史，唐以前，基本属于诗歌发展史。诗歌在唐代也达到了顶峰。宋以后，历代嬗变，至于今，诗道渐绝。鲁迅说：我以为一切好诗，到唐已经被做完，此后倘非能翻出如来掌心之“齐天大圣”，大可不必动手。

但是，文化总要传承，它山之石可以攻玉，读完我的诗集，我相信有更多的诗人会涌现出来。

汉语是世界上最美丽的语言，中国是诗歌的国度。虽然诗道渐绝，但是，诗歌的基因隐藏在我们每一个中国人的身体里、血液中，也就是说每一个中国人都有成为诗人的潜能，只是，没有被开发、发现。读完本诗集，也许您就是一个诗人。

古人讲求“书香门第，诗书传家”，可见历代对于诗书非常重视，唐朝很多诗人，都是家学渊源，悠远流长，杜甫的爷爷杜审言就是一个诗人，王勃的祖父辈先人王绩也是诗人，可见，写诗的方法是祖传的。但是

这种传承方式，很容易断裂，特别在大的战争和几次南渡之后，诗道沦落，无迹可寻。

语言是发展和变化的，汉文化不同于先秦文化，唐语言有别于秦汉语言，普通话又做了简化和发展，要写出好的古诗，确实很难。但自食梅花五斗，诗歌自会成章，至少可以写出现代人读来朗朗上口、韵味无穷的诗歌。

《梅花一斗》重拾古风，值得拥有。

2014年8月22日

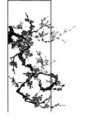

目录

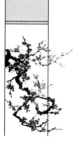

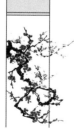

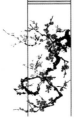

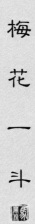

梅花一斗

熟读唐诗三百首，
又食梅花七八斗；
桂月柳星爱生活，
作诗何必汉唐偷。

诗道之不存，自唐以下，嬗变矣！今人对于唐诗，唯欣赏而已，作诗之道渐绝。

其实，中华语言是诗之语言，希望我的诗集能抛砖引玉，噫嘻。其实作诗也不是很深奥的事，所谓雕虫小技耳。套用一句熟语，遂成开篇第一。

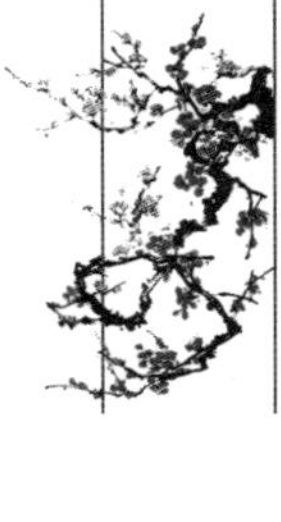

秋树

秋树风雨摇，
难能不折腰；
满身添彩妆，
尤比花枝俏。

2013年9月旅居荷兰，顿悟唐诗之道，当然，任何理论还是要实践，因此，有感而写，写之敢发，不怕见笑才是真谛。呵呵，有敢而发。

11月初，荷兰大风，古树折断不少，枝落砸殁两人。一天突然看到一棵大树，不知何名，满树褐红。

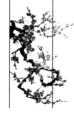

落叶满塘

深秋天气爽，
余暇骑车逛；
寒鸦栖枯藤，
落叶满池塘。

荷兰为自行车王国，有专门的自行车道，初秋午后和女儿骑车闲逛，遇一池塘，落叶满池。

普洱湖

薄雾绵绵笼湖面，
林壑霭霭升青烟；
芬市城中普洱湖，
致远宁静似桃源。

11月13日去市政厅办事，发现旁边有一个湖，后查询地图知道当地名为pole湖，余喜喝普洱，遂名之。

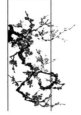

初冬

霡霂淋漓润初冬，
层林萧瑟已退红。
唯有渠边青草绿，
鸥鹭戏水水抵空。

荷兰属于低地国家，地面运河水网纵横，片片森林点缀。

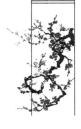

咏霾

夜深独徘徊，故园应朝晖；
不知雾与霾，是否已消退；
一任寒风吹，无奈源在北；
起早晨练友，为吾摧心肺。

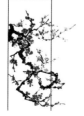

鸿雁

鸿雁低空向南飞，
或人或众紧相随；
若要游子不思乡，
缘何嗷嗷声声催。

2014年1月7日，余独坐茗茶，忽听雁鸣，抬头见雁阵过，确实有衡阳意。

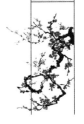

喜鹊

喜鹊伫寒枝，
遽风频摇曳；
不畏冬气朔，
乐似蓬头皮。

2014年1月9日，大雨，大风，时雨停风不止。有喜鹊一双停窗外柳树上，遂诗一首、词一首。

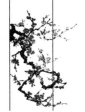

踏莎行·年关将近

年关将近，风雨淋漓，
独抚筝琴难成曲，
窗外双鹊寒枝立，
冷眼旁观沙鸥戏。

忽然忆起，西湖画舸，
十里荷叶连天碧，
处处欢声和笑语，
管他苏堤或白堤。

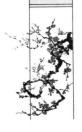

梅径

日暮花径走，
幽香履底留；
黄莺枝头窜，
鸳鸯梅下游。

江南雨

仙人掌上芙蓉露，
绿绦印水疏影舞；
画舫逐波轻歌起，
半湖烟雨半湖雾。

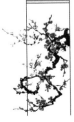

绿坪霜

绿坪历历秧，
犬犬欢欢狂；
毋需勤养护，
明晨层层霜。

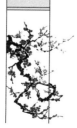

早起上班人

清晨无鸡报晓声，
屋外杜宇谷歌鸣；
天际晖清云笼月，
车璃霜重花烙绫。

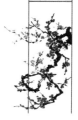

缘遇

尚义之人处处有，
前生恐似曾聚首；
劝君莫毁今昔缘，
来世急难有援手。

诗在生活中，留心生活中的点点滴滴。我之前和女儿骑车外出，女儿丢了，正在我六神无主的时候，一对荷兰老夫妇骑车经过帮助我打电话报警，后来警察在很远的地方找到女儿，当时急着走也没留下他们的电话，没想到过了一个月在邮局偶遇，世界真的太小太神奇。

光棍节

光棍佳节多烦忧，
一竖一竖使人愁；
长恨青春走得急，
偏偏月老睡过头。

2013年11月11日光棍节有感。

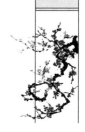

假期

假期何故太匆匆，
昨日今日不大同；
拥衾恋褥寐迟迟，
辞门离户月朦胧。

2014年1月6日，寒假结束，开始上班、上学。早晨起床天还黑着，朦胧一片。

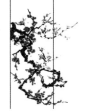

暖冬

绿草牛羊单车道，
沥沥细雨空寂寥；
孟冬十月未觉寒，
南风习习春欲到。

咏网球

红土飞鹦鹉，纤手执罶捕；
拉弓似满月，挥拍如击鼓。
关公跨赤兔，凤眼眦倒竖；
青龙偃月刀，一骑弑酋虏。

女儿打网球，观之有感。

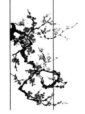

咏古筝

酥手玉指勾抹拖，
二十一弦泛春波；
灯月渔舟秦桑曲，
高山流水相应和。

过年

又至改岁时，加一复减一；
年齿加一岁，心里隐悒滋。
寿数减一年，春风又习习；
劝君多锻炼，身体自珍惜。

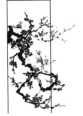

微雪

轻溟雪飘飘，满眼梅花落；
恰逢除夕日，故乡万里遥。
荷兰冬雪少，望眼空寂寥；
倏忽无觅处，撩人添烦恼。

2014年1月30日，除夕，早晨突然飘雪，几分钟后停了。乡愁也是古诗的一个主题。

旅荷

旅荷同乡频相邀，
一片乡愁用酒浇；
儿童不识乡愁苦，
自在玩乐躲猫猫。

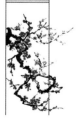

归雁

蓝天碧如洗，明日立春时；
暖阳犹煦煦，芳草已依依，
万物皆有信，闲待何用急？
可怜南归雁，离家立可期。

2014年2月3日，明日立春，刚刚年初三，回忆以前求学回家过年，过完就得马上准备出发的行囊，现在很多外出工作学习的人也该准备了。

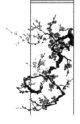

无题

立春才过三两日，
秃灌轻轻发新枝；
故园风雪正堪紧，
勿仿零捌冰冻时。

2004年2月7日，清晨发现灌木发新芽。看来节令真准时，立春便入春。不过国内正在下雪，心忧之。

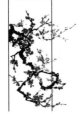

无题

君到上海我离开，
熟悉街景扑面来；
往昔送我女儿袄，
小小留念柜里待。

有朋去上海玩，以前每次她都找我，这次我不在，她通过微信发了很多上海街景，有感。

当年明月

当年明月三百载，
多少人物一笔裁；
故纸堆堆汉家事，
关山隘隘惜满怀。

怀古是诗歌一个主题，近来看了《明朝那些事儿》，有感。

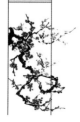

诛元

璋发皇觉寺，剑配黄金甲；
金陵王气升，枭雄纷纷下。
烟云旧遗民，泪眼重返家；
宇内一统括，功勋贯华夏。

唾文程

岳楼文章耀千古，
丹心为国西陲戍；
可惜余孽范文程，
无耻汉奸称明骨。

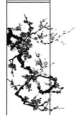

西江月·刺道衍

广孝原是和尚，
误学元璋造反，
身披袈裟佛经念，
了却苍生百万。

白日光鲜卿相，
夜晚孤灯一盏，
偏效高祖把乡返，
亲眷密友羞憾。

咏郑和

彪炳千秋下西洋，
巨船百仞林危樯；
人生能有几回搏，
浪遏风波七次航；

苍茫大海水触月，
浩瀚太虚逐夕阳；
播洒和平怀柔地，
百年之后变战场。

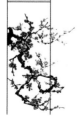

《八阵图》有感

非欲三分国，
遗恨一统折；
汉人爱华夏，
何日陆岛合？

附：杜甫《八阵图》

八阵图

功盖三分国，
名成八阵图；
江流石不转，
遗恨失吞吴。

余读杜甫《八阵图》，总感觉味道不对，遂列出共赏。三分天下不是功。

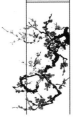

宋明殇

宋亡之后无中国，
明亡之后无华夏；
幸有润之继逸仙，
重塑中华刚脊骨。

人都感伤宋、明，网络有语：宋亡之后无中国，明亡之后无华夏。余有话说。

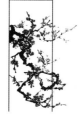

清宫戏

清宫大戏一出出，
瞎编滥造夸功浮；
逸仙闻此应落泪，
难道当年误驱胡。

时下辫子戏泛滥，余独愤之。

雨中骑车有感

伤心不过虞美人，
唱起莫名总心疼；
无言独自寒江立，
慷慨豪情沁园春；

古庙行宫歌水调，
斑竹泪痕潇湘神；
夜阑风静香盈袖，
人如黄花醉花阴。

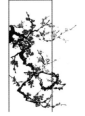

槎渡人

蹉跎岁月黄尘误，
荏苒春风满面拂；
不负此生有情人，
桃花流水同槎渡。

爱情也是诗歌一个永恒的主题。

无题

人生短短三万天，
相爱相伴有几年？
花开不会都结果，
两心相印似月圆。

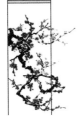

碧空线影

碧空飞机画长线，
似有绳墨未曾乱；
偶尔投射入水中，
波光粼粼千千段。
人生亦似画长线，
有时曲折有时幻；
湖面如心心如水，
逝者如斯空留恋。

世界在进步，文化在发展，女儿有次问：为什么写诗不写电视机？呵呵，问得好，如果李白重生，何况电视，苹果亦不会放过。

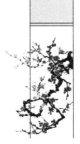

梅花访唐诗

日啖梅花三五朵，
信手吟诗赛东坡；
世间美善皆成句，
荏苒春风月婆娑。

诗者，美好之事物皆可入之也。固刘禹锡不用糕字，认为不雅，苏东坡却不以为然，但后人也抢白于东坡：鸭也可以入诗，那么鳖、蛤蟆亦无不可？呵呵，余同意赵紫芝之言：“能饱吃梅花数斗，胸次玲珑，自能作诗。”这个比喻就如胸无点墨，回家饮墨汁一样。这也就是唐、宋诗分途的巨壑。

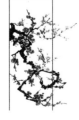

其实诗歌来源生活，只要留心生活中的美，自然天成就是好诗。

碧玉画眉

碧玉轻画眉，
桃花腮边缀；
清馨梦里人，
流波似秋水。

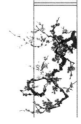

九岁难得

我之大名马蔼荷，
亦可叫我小乐乐；
清水芙蓉雪里松，
性如梅花质如珂。

某晚，女儿和我一起练书法，第二天一看，她写了两句话，我的大名马蔼荷，也可叫我马乐乐，呵呵，还有点押韵。遂连句成诗。因此可见，诗并不神奇，来源于生活。

女儿送母行

去年荷兰始安家，
新年朋友送鲜花；
花似女儿需人怜，
三日无水花枯萎。
碧玉年少刚越九，
恰逢母亲欲远游；
古来唯有《游子吟》，
而今谁解女儿心。
夜夜搂抱母项睡，
喃喃私语梦中絮。
最怕离别偏离别，
别时不忘细叮咛：
两盆鲜花勤浇水，
十天之后我就回。

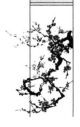

机场送行出发口，
忍住哭泣轻挥手；
周遭都是送行人，
叫我如何把泪流？
闷闷回家独自屋，
恹恹无绪漫翻书，
平日晚餐三人语，
今夕吃饭两面聚。
味道不如前饴饴，
隔璃微雨风细细；
餐后客厅忽见花，
呜咽涕泪挂双颊。

爱人出差回国，女儿和我送她至机场，看女儿细腻情感变化，赋古诗一首。

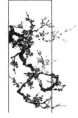

月夜思母

夜深独倚窗，
明月费思量；
慈母行远路，
何日还家乡？
玻璃凝雾黯，
信手画依像；
端详倍相思，
珠流似泪行。

思念的主题万年不绝，女儿想妈妈，也想写诗一首，写了月亮，妈妈是否也在看月亮，以月亮起兴，有点天赋，我帮她修改了一下。

独 茗

小女不解为父心，
周日邀友去滑冰；
独自茗茶强无味，
频望时钟坐不宁。

周末女儿去朋友家玩，剩我一人在家。

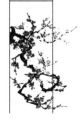

梅花飘水

谁怜梅花飘水面，
偏有黄莺花枝窜；
花开花落能几日？
清芳共赏人未还。

2014年1月15日，微雨，梅花飘落水面。

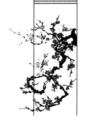

无 题

灯火繁华转头过，
星辰平淡漫天空；
静聆清风弄明月，
闲看鸳鸯戏水中。

2014年1月21日，爱人离沪前夜流连上海滩，夜景绚烂，转头离开不知几时回，余诗之。

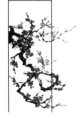

午发上海

午发上海夕至荷，
万里归程次第得；
等闲不愿听机鸣，
轻阴一日心忐忑。

2014年1月22日，今天爱人去荷，中午登机起飞，下午6点到荷兰。

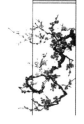

两头春

年头春来早，
岁末春未了；
蜂蝶自忙碌，
不知春长好。

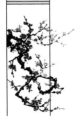

春日偶得

风紧云不待，
雨疏愁又来；
窗前蟹枝小，
白蕊新绽开。

在我的记录本上，一个不起眼的地方记录了这首遗忘了的小诗，细细吟咏，别有滋味。

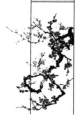

相思令·雪飞

风在吹，雪在飞，
冤家到底归不归？
黄昏懒举炊。
昨日忙，今日忙，
电话一个也能忘，
夜深独彷徨。

其实古时诗是可歌的，由于文字生命力强大，记谱滞后，很多曲调靠口口相传，后新曲倍出，最后诗、歌分途，词、曲分家。宋以后诗逐渐式微，词别出新意。

2014年2月9日，上海下雪，有一朋友微信曰：风在吹，雪在飞，到底何时归？朋友为一年轻女孩，可能担心雪大下班不好回家，余遂返其意度《相思令》一曲，描写少女盼人回。

春雨梅花露

春雨绵绵花带露，
冬梅簌簌泪如珠；
深感严寒卿相伴，
入诗入梦入征途。

自食梅花五斗，作诗得心应手，也算我悟道之语，因此，本诗集名之《梅花一斗》，如果喜欢就吟咏吟咏，不喜欢就垫麻将桌脚，也算有用。一日雨后梅花树下走有感。

忆母

一周何故仅七天，
一路走好已七年；
漫山乔木结栗子，
尽是母亲生前栽。

母爱是人类感情最真挚的部分，我的母亲离开我已经七年，仍然魂梦相牵。七年，七天起兴，韵脚没处理好，但诗贵感情真挚。

清明节祭母

每逢清明思母亲，
遥祭天涯倍伤心；
常疑时光不倒流，
始信春风染霜鬓；
夕阳西下几度秋，
花谢花开数轮馨，
青岗松柏粗似碗，
夜梳月色日遮阴。

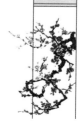

花一朵

花开一朵亦春回，
哪怕料峭寒风吹，
一生一世太长久，
转瞬之间霜鬓衰，
我心依旧似流水，
韶华不改锲而追，
无论几多荆棘路，
自信终究遇春晖。

有棵樱花树，一朵初开，有感诗歌道路会越走越宽。

母亲的唠叨

年少时
不喜欢听母亲唠叨，
爷爷奶奶从哪里来？
爸爸妈妈如何安家？
听得我哟耳朵长茧。

成家后
最喜欢和母亲唠叨，
十里八乡有什么事？
乡里亲戚什么关系？
出了五服还那么亲！

如今啊！
我很爱和母亲唠叨，
儿子们的生活如何？
孙女们的学习怎样？

这些啊！
每次在您的坟墓前，
我都爱啊！
和您唠叨、唠叨……

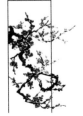

您的名字

是您给了我生命
您的名字叫母亲
呵护我慢慢成长
不求回报蛮是艰辛

是您给我取了名
您的名字叫母亲
忘不了您的深情
风风雨雨心心相印

母爱啊！母爱啊！
像水一样纯洁透明
像春风一样润物无声

母爱啊！母爱啊！
从来没有还过您
还也还不清

世界上最大的爱就是母爱，不计成本不计回报。

诗道漫漫

盛唐之后古风落，
文人不敢称骚客；
醉翁妙笔好文采，
千年诗歌起风波；
学士知识忒全面，
以文入诗开先河；
无比无兴粗筋骨，
鲁直赋理继东坡；
南渡诸家聚江西，
抱团取暖结成社；
大唐名家谁雁行？
惺惺相惜诗唱和；
永嘉苦吟踪晚唐，
未闻几句断人肠；

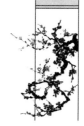

可叹汉祚葬崖山，
千古忠魂文天祥；
元人只知牧牛羊，
哪识华夏好文章；
大明七子主唐音，
又复七子盛唐倡；
公安竟陵咏宋调，
清风不如李花香。
呜呼！而今诗道俱已藏。
君不见，古调高歌国运旺，
沉郁滥调社稷亡。
噫嘻！如今吾把古风唱，
哪怕国人尽拍砖。
和氏怀璧三献楚，
玉玺终究放光芒。

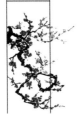

醉太平·情人元宵节

梅花谢了
樱花开早
恰恰春雨潇潇
恨时光虚耗

情人节到
又逢元宵
偏偏风雨飘飘
似鸳鸯多好

2014年2月14日，情人节恰逢中国元宵节。

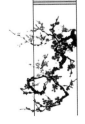

卜算子·咏怀

我本放牛娃
如梦至天涯
看见弯木都想伐
做成犁和耙

谁想笔生花
误入骚人家
李白杜甫都应夸
古风赋韶华

西江月·放下

以为我已放下
为何远走天涯
总爱微雨看落花
涕泪戚戚一把

其实我该放下
当初谁也无法
记忆深处唯有她
爱恨都难淡化

相思令·字字勾

字字勾
字字勾
儿时小鸟鸣啾啾
却用弹弓投

字字勾
字字勾
如今听了心悠悠
还念故乡秋

有一种小鸟，鸣声“字字勾”，儿时家乡经常听到，不想这边也常鸣。

读《诗经》有感

执子之袂
此心不悔
有花同赏
有玉同佩

执子之手
此心不忧
有爱同栽
有福同守

执子之发
从青至华
有生同涯
有死同匣

无题

四十好几未换妻，
世人笑我没本事。
谁知滚滚红尘中，
唯一有她沉心底。
老夫少妻谁不羡，
百年牵手令人涕。
回首向来风雨处，
半是修缘半天赐。

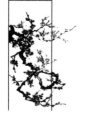

登黄鹤楼

崔颢诗题黄鹤楼，
谪仙对此不能留。
今日登临极目眺，
千古骚客会烟洲。

题友摄于大理照片

穹庐巨石忒崔嵬，
欲掩金乌崖顶扉。
霞光万道朱紫色，
原是迎驾赤帝回。

反腐

上梁不正下梁歪，
为官不清百姓裁。
古来贪腐若长久，
太阳自从西边来。

黄鸟

黄鸟殷勤弄花丛，
不为枝间都有虫。
谁知啾啾鸣不住，
定是伤春花不浓。

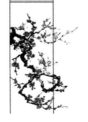

无题

寂静似孤村，
飞鸟暮投林。
长空漫紫气，
街灯伴星旻。

咏普洱

紫壶滗金水，
酽酽琥珀光。
客心凡尘洗，
袅袅散馨香。
浮生半日闲，
茗茗陈年汤。
口齿生津润，
悠悠回味长。

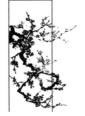

竹

园栅一丛竹，
四季叶常绿。
昔年家屋后，
离埂皆此物。
去乡三十载，
忧思怀故土。
奈何数万里，
菁菁还目睹。

全友

山涛荐嵇康，
只为解友难。
却得绝交书，
性狭语不堪。
彼早师老庄，
入林炙背懒。
千年无人识，
全友戏心寒。

读嵇康《与山巨源绝交书》有感，竹林七贤难道至于写那么绝情的绝交书吗？答案是肯定的，嵇康不容于司马氏集团，迟早被清洗，山涛还推荐他做官以帮助他解脱困境；嵇康遂写此书绝交，意义很明确，我们虽然是竹林七贤，也不是很熟，你别来烦我。以这样的方式全友，千古一人而已。

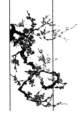

读鲍照《登大雷岸与妹书》

明远与妹书，
言语何其殊。
秋水浩荡涌，
旅舟洪波浮。
游鸿寒啸地，
孤鹤悲鸣芜。
离人断肠句，
慎莫与亲妹。

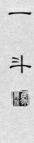

烈士母亲

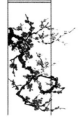

老山变前线
青年离家园
母亲送儿走
一别三十年
魂归应识家
茅屋三两间
夜夜思儿泪
寸寸心香残
芸芸十几亿
何多一人还
梦里来已稀
只能母去看
辗转千里路
烈士陵园前
抚碑涕声咽
呼号泪成霰
依稀见旧容
丘丘草曼曼

一剪梅·春日细雨

春日细雨粘玻璃
淅淅沥沥　点点滴滴
窗外嫩萼发新枝
双双黄鹂　其鸣喈喈
离家已是数万里
空望天际　烟雨靡靡
总在清晨梦醒时
微信第一　故人消息

地球村

国际学校地球日，
东西南北全搜罗。
红旗飘飘彩旗耀，
会议召开联合国。
各色人等乱打扮，
奥运使团何其多。
阵中唯有一点绿，
轻捻筝弦梅花落。

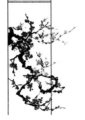

鼓筝

绿裳飘飘拂绿绮，
满场沸沸吵声急。
裂帛戛然雷后雨，
鸦雀无语静出奇。
溪流潺潺千峰雪，
松风簌簌万壑啼。
触类旁通愁肠断，
爱和韶乐有灵犀。

鼓筝后

万艳丛中一点绿，
飘飘欲仙似璞玉。
此曲只应天上来，
遍识窈窕小淑女。

押韵是古诗歌的一项基本要求，但是，语言在迁徙、变化、发展，唐音现在流散于江南各地，无迹可寻。普通话从清开始运用，以北京（或哈尔滨）语音对中古的语言进行了简化、改造，因此19部韵脚的分类，不能十分准确地划分普通话的声韵美学。比如，唐诗中“处和绿”属于同一韵脚，u和ü属于同一声韵。唐时的口音也许区分不大，但是目前就普通话来说，我还是主张区别开来。这首小诗就是ü韵的尝试。

补种郁金香

原想采菊东篱下，
满园才植郁金香。
雨后浮土新芽露，
喜鹊偷偷一扫光。
贪吃也应毁证据，
遍地留坑不懂藏。
春光明媚乘春早，
球茎重埋盼成行。

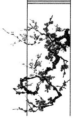

画 鹰

三鹰后院挂，
平白起萧煞。
展翅欲腾飞，
旋空巨无霸。
俯仰风沙乱，
掇身眼不眨。
乌鹊需思量，
勿自较高下。

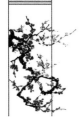

相思鸟

银耳相思鸟，
黄腹掠菁茅。
林灌饮清露，
浴阳倏立稍。

铁塔凌云

铁塔巍峨入碧天，
巴黎城内赛河边。
登梯直上织女家，
回顾凡尘心倒悬。

游历也是诗歌主题之一。余和女儿游巴黎，得诗词数阕。

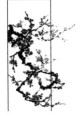

夜舟塞纳

塞纳河中夜行船，
一江灯火浮月圆。
隔栏苹果防落水，
惟恐无刃刻铁舷。

巴黎夜色

巴黎夜色真美好，
塞纳河中浪滔滔。
灯火阑珊伴铁塔，
一轮明月出柳梢。

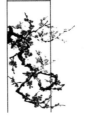

卢浮宫

抢遍欧洲与中东，
建成魅力卢浮宫。
如若没有滑铁卢，
韩日华夏在其中。

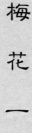

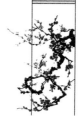

相思令·蒙娜丽莎

你也照
他也照
都是为了看她笑
谁知她烦恼

里三层
外三层
密密匝匝又三层
观画也耗能

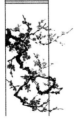

西江月·异国情调

有异国无情调
无情人有舟棹
巴黎黄昏朦胧岸
霓虹闪烁柳梢

离忙碌弃烦恼
弃诗书离霜桥
爱恨得失都由他
也值半生潦倒

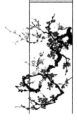

返荷兰

铁马呼啸行，
巴黎身后远。
树木疾驰过，
烟村白云边。
春雨潇潇下，
风车陆陆旋。
无绪在轻阴，
天际渺薄烟。

诺德闻琴

诺德火车站，
旅客熙入港。
阴雨觅站台，
钢琴为谁响。
见惯卖艺者，
无此大阵仗。
曲终毋需钱，
赢得阵阵掌。
列车时刻近，
提琴亦悠扬。
恋恋回头望，
碧眼两姑娘。
释人旅途累，
无故起忧伤。

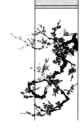

相思鳞

情人拥抱紧，
惟愿心最近。
转眼各天涯，
相思密如鳞。

窥镜

偶窥梳妆镜，
吓煞镜中人。
一夜春风度，
白发生几根。

荷添虫

此荷不似在画中，
画中花无此荷红。
仅有花开多寂寞，
请君试添一飞虫。

有个友人爱画荷，特以诗赠之。很多艺术形式都讲究动中有静，静中有动。

昭君怨·野金香

霎时花满芳甸
恰似星空浪漫
几日不曾见
都开遍

寂寞芬芳自在
绿坪因你添彩
春风年年来
看花开

咏《关雎》

诗经三百篇，
关雎何最前。
匪言后妃德，
总领艺术端。
宇宙文明始，
乾坤蒙昧源。
骚客从此来，
年年复年年。

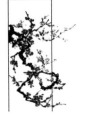

春花烂漫

春花渐烂漫，
绿草成芳甸。
万紫千红中，
蜂蝶画笔点。
年年待何人，
岁岁春风暖。
邂逅诗人心，
笔与花争艳。

执子之手

执子之手，
与子偕老。
感情的事，
放下不了。

初时为缘，
慕子窈窕。
后来为爱，
相互依靠。

如今啊，
不为相思，
不为永远。
只会啊，
用心酿造，
用心酿造。

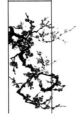

题画松

画松比山高，
定是角度妙。
敬业伏于地，
丹青冠芳草。
细数惟四株，
石桥第三少。
欲觅画外松，
天台云飘渺。

嫁女

嫁女七千万，
豪奢两年罔。
谁会预先知，
而今枷锁扛。
富贵犹浮云，
荣华梦一场。
不如居人下，
柔似流水长。

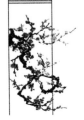

夏日普洱湖

云恋湖水影恋波，
花掩密林香满坡。
鸟鸣幽静如画卷，
闲看胸中镜台摩。

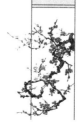

百篇有感

诗词一百满，
细数万万端。
赋情感物华，
兴发抒志坚。
读书犹须勤，
百问悟道先。
人生如梦寐，
半百梅花怜。
儒家有诗经，
楚辞数屈原。
西汉重乐府，
魏晋南北全。
终成于盛唐，
李杜千古传。
小说戏曲起，
古风渐落边。

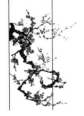

璀璨如明珠，
文学之桂冠。
沉吟为卿故，
立言续佳篇。
胸中藏丘壑，
腹撑万古船。

后记

本人不才，然诗集《梅花一斗》终于付梓，即将面世，欣喜之余，感慨良多。

首先，应该感谢我的父母和家人，母亲已经去世快八年，她出生在新中国成立前两年，童年没有受过基本的中小学教育，读过两年书就辍学，虽然她没有文化，但是，她却坚持供养我上学，一直到大学毕业。她对我的影响是最大的。

记得我刚上学的时候，乡村小学校长帮我取个名字：马关平。我外公说："又不是女孩，叫什么萍，叫宝啊柱啊不是更好？"于是妈妈给我取名"马关宝"，我想是农村填写户口本的会计写成了"保"，所以马关保这个并不好听的名字伴随我到今天。现在诗集出版，有人建议取个响亮的笔名，我想还是算了，因为我的名字是妈妈决定的，是她给我的，像我的生命一样，现在妈妈已经离开我了，我又怎么忍心抛下她给我的名字呢？我的父亲快八十岁了，他为我们操劳了一辈子，祈愿他健健康康，一直陪伴我们。

至于我的爱人和女儿，只能说她们都是上帝送给我的礼物，有了她们，我的人生才有了不一样的意义。记得刚和爱人恋爱的时候，她让我猜猜他的小名，她对我讲过，她的名字也是上小学前自己随口取的，一直用到现在，这让我想起了台湾作家三毛，嫌名字第二个字太难写，就自己取名陈平，于是我在一张纸上写下“平、三、毛”几个字，她看着我笑笑，说就在纸上。现在想想，冥冥之中似有安排，所谓缘分天注定。

其次需要感谢本书装帧设计张奇先生，我和他是篮球球友，认识很多年，他工于美工，编辑印刷样样在行，但他最大的优点是真诚待人，尤其是在篮球场上，和我最能配合起来。当然，现在天各一方，要一起打球，已经是种奢望。

最后，还要对长江文艺出版社表示感谢。《梅花一斗》只是出版社许多书中的一本，但是，出版社编辑也兢兢业业、认认真真地努力付出。特别是诗歌的出版，本来在业内就属于冷门，但我相信，凭借他们的热情，诗歌出版的春天不远了。

确实，诗歌的出版，不是太热门，现在也鲜有好的诗人。唐朝是诗人量产的年代，恐怕和唐政府以诗取士不无关系，虽然应试的诗没有多少是好的，但是，很多文人雅士却书写了那个年代的最强音。俱往矣！数风流人物，还看今朝。历史的星河里，诗人是我们仰望的，当今的时代，诗歌又将如何传承、发展?

诗，我觉得是起于祭祀，古人载歌载舞，祭祀先人，口中吟咏的歌颂祖先的易于传承的句子，就是诗的雏形。

华夏的形成，是多民族多部落的融合过程，每个地区都会有自己独特的诗歌，所以，中央政府有专人“采风”。孔子说：“诵诗三百，授之以政，不达；始于四方，不能专对。虽多，亦奚以为？”可见，诗还是外交辞令，当一个外交官，到了秦国，能吟几首秦风，在拉近感情方面所起的作用，不言而喻。所以，在刚刚结束的Apec会议上，习主席也吟咏古诗欢迎世界各国领袖。

可见，诗，永远不过时，随着我们时代的发展，会有优秀的诗人涌现，会有精美绝伦的诗句涌现，会有大量的诗集涌现。这些都是值得期待的。

也请各位朋友，尽情期待《梅花二斗》！

马关保

2014年11月21日